감성돼지루이의
사랑하기 딱* 좋은 날

감성돼지루이의
사랑하기 딱 좋은 날

초판 1쇄 발행 2014년 8월 18일

지은이 김지원 발행인 서영택 본부장 이홍
편집인 박희연 편집주간 최서윤 편집장 한성수 이정아
책임편집 한성수
제작 한동수 마케팅 정상희 정지운

발행처 (주)웅진씽크빅 출판신고 1980년 3월 29일 제406-2007-00046호
임프린트 오후세시 주소 서울시 종로구 인사동 9길 27 가야빌딩
주문전화 02-3670-1021, 1173, 1595 팩스 02-747-1239
문의전화 02-3670-1134(편집) 02-3670-1191(영업)
홈페이지 http://www.wjbooks.co.kr

ⓒ 2014 김지원, 저작권자와 맺은 특약에 따라 검인을 생략합니다.

ISBN 979-11-85424-14-9 03810

• 책값은 뒤표지에 있습니다.
• 잘못된 책은 구입하신 곳에서 바꾸어드립니다.

• 일러두기 : 이 책은 저자의 문체를 살리기 위해 어문규정에 어긋나는 표현을 임의로 사용했음을 알려드립니다.

감성돼지루미의

사랑하기 딱* 좋은 날

[루미 지음]

사랑하고 싶은 모든 청춘을 위한 루미의 감성일기
Loomy's Love Diary

오후세시
3 o'clock in the afternoon

당신 안의 루미를 찾기를…

20세기 마지막 여름이었다. 다니던 디자인 회사를 나와 알음알음으로 프리랜서 일을 하던 중 친구 형의 친구의 선배… 그렇게 너덧 번은 건너 아는(그러니까 실은 생판 모르는) 분께 서울 변두리에 삼겹살집을 여는데 가게의 이미지와 어울릴 만한 캐릭터를 만들어 달라는 의뢰가 들어왔다. 갓 독립한 프리랜서는 무슨 일이든 언제나 급하게 승낙한다. 사다리차까지 불러 간판을 달고 대여섯 개의 메뉴판을 건네는 것으로 기분 좋게 일을 끝냈다.

유난히도 추웠던 그해 겨울 어느 날. 천재지변에 준하는 상황이 아니면 절대 집밖으로 나가지 않을 나였지만, 친구들이 던진 소주 미끼를 덥석 물고 말았다. 허름한 선술집에 앉아 쓰디쓴 세상살이를 안주 삼아 소주잔을 부딪치다 보니 어느덧 동이 텄다.

새벽까지 이어진 술자리 후에는 유난히 생각이 많다. 그날도 그랬다. 무언가 잃어버린 느낌, 숙제하듯 열심히 살지만 마음 한 구석이 빈 것 같은 느낌이 가시질 않았다. 그래서였는지 그날 새벽은 유난히 비틀거렸다. 생각도, 마음도, 걸음도…. 그렇게 새벽을 누비다 이른 곳이 몇 달 전에 그린 커다란 돼지 간판이 걸려있는 삼겹살집 앞이었다. 가로등 빛을 받은 간판 속의 돼지. 내 코가 녀석의 코만큼이나 빨개질 때까지 한참을 바라봤던 것 같다.

그날부터 하던 일을 모두 멈추고 그리기 시작했다. 파일함에 넣어둔 돼지 그림을 다시 꺼내 대대적인 수정 작업에 들어갔다. 며칠이 걸렸을까. 성형을 마친 새로운 캐릭터(그림을 보면 알겠지만 지금의 루미는 당시 삼겹살집 캐릭터와는 많이 다른 모습이다)가 드디어 세상에 나왔다. 녀석의 모습에 혼자 만족하며 'Gloomy pig'라는 이름까지 붙이고는 은근슬쩍 지인들에게 소개했다. 그런데 오지랖 넓은 몇몇 친구들이 그렇지 않아도 모태우울을 앓고 있으면서 캐릭터까지 그러면 안 된다며 이름을 바꾸라고 압력을 가했고, 결국 'Gloomy pig'에서 'g'와 'pig'를 빼고 산뜻하게 'Loomy(루미)'로 개명했다.

그 뒤로 놓치고 싶지 않은 일상과 소중한 기억들을 하나씩 그려갔다. 모니터 안에, 식당 테이블의 냅킨에, 혹은 단골 술집의 낡은 벽지에 나를 닮은 루미가 새겨졌다. 그로부터 15년. 돌이켜보면 루미는 여전히 현재진행형인 내 청춘의 모습이고, 평생 간직하고픈 추억의 기록이며, 죽을 때까지 지키고 싶은 내 미래의 모습이다. 혼자 있는 것을 즐기지만 친구들과 만나 밤새 술 마시는 것을 좋아하고, 살찐 길고양이마냥 도시의 뒷골목을 헤매는 것이 취미이며, 그 뒷골목의 사람 냄새 나는 가게를 찾는 것이 사는 재미인 나 자신을 고스란히 닮았다.

루미로 인해 인생에서 가장 소중한 것은 사실 사소한 일상에 있다는 것을, 평생에 한번쯤은 사랑에 목숨을 걸어도 좋다는 것을, 이별로 인해 가슴이 무너져 내려 보는 것도 괜찮다는 것을 깨닫게 된다. 그 깨달음이 통했는지 서툴고 부족한 루미의 모습에 많은 사람들이 웃으며 공감해 주었다. 어쩌면 루미는 사랑에 서툴고, 이별에 아파하며, 때로는 인생의 무게가 힘겨워 넘어지는 우리 모두의 모습일지도 모른다.

이 책을 집어든 당신 안에도 언젠가 당신이 찾아주기를 기다리는 루미가 있지 않을까?

내가 그랬던 것처럼 당신도 당신만의 루미를 찾기를, 사소한 일상에서 작은 기쁨을 찾기를, 그래서 어제보다 조금은 더 행복한 오늘은 맞기를 바란다.

Contents

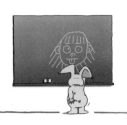

내 맘 전하지 못한 너에게

이별, 사랑과 같은 모양으로 찾아온

네가 떠난 자리에서

이별 후 해야할 일 11가지

검문개

외롭지만 괜찮아

그래도 사랑이 필요한 이유

오늘
사랑이
찾아왔다

빨랑 와~

기다리다 돌로 변할지도 몰라~

기다리고 있어

어깨 위
살짝 올라탄 꽃잎처럼
살곰살곰
사랑이 찾아왔다.

어느 봄날

가지고 싶은 것

잘 작동되는 전동칫솔
스타워즈 시리즈 풀세트
안드로이드 말고 윈도우8이 OS인 태블릿PC
미란다 커가 광고하는 운동화
몽마르뜨 언덕에서 끌고 다닐 캐리어
가죽시트의 아이보리색 스쿠터
몽블랑 만년필 스페셜 에디션
아직도 낙원상가에 걸려 있는 내 마음 속 기타
주인아저씨 눈치 안 봐도 되는 내 집
약간의 행운

그리고

네 마음.

SHLIST

19

소나기

짧게 왔다 가지 말고
올 여름 내내 왔으면 좋겠다.

매일 비가 오면
매일 같이 쓸 수 있잖아.

가위바위보

얼떨결에
마음을 내버렸네.

세상에서 가장 긴 시간

애니팡 로딩 시간
마트에서 내 앞 사람 계산하는 시간
공중화장실에서 내 줄 줄어드는 시간
점심 때 식당에서 내 밥 나오는 시간
편의점에서 컵라면 익기 기다리는 시간
9분 남은 퇴근시간
술 취해 같은 얘기 무한반복하는 상사 말 듣는 시간

그리고

네 대답을 기다리는 시간.

너에게 가는 길1

너에게 가는 길은 매번 너무 어려워.

너에게 가는 길2

돌아간대도, 오래 걸려도 사랑하는 마음이면 금세 다다를 수 있어요.

너를 느끼는 수만가지 방법

바람이 코끝을 스칠 때
햇살에 눈이 부실 때
무작정 걸을 때
사람을 만날 때
커피 마실 때
숨을 쉴 때
계절이 지날 때
퇴근길 지하철에서 부비부비 연인을 볼 때
엄마가 결혼 안 하냐고 잔소리 할 때
삼촌의 한심하다는 눈빛을 느낄 때

그밖에
오만칠천구백이십오 번 정도.

이불 빨래

빨래 끝~
근데 오늘밤엔
뭐 덮고 자냐??

오늘 밤엔 네 생각을 덮고 잘 거야.
세상에서 가장 따뜻한 이불을.^^

감기

추웠다가
더웠다가
아프다가
열 나다가
끝내
멍청이로
만들었네.

사랑처럼.

내 손을 네 맘에

올릴게…

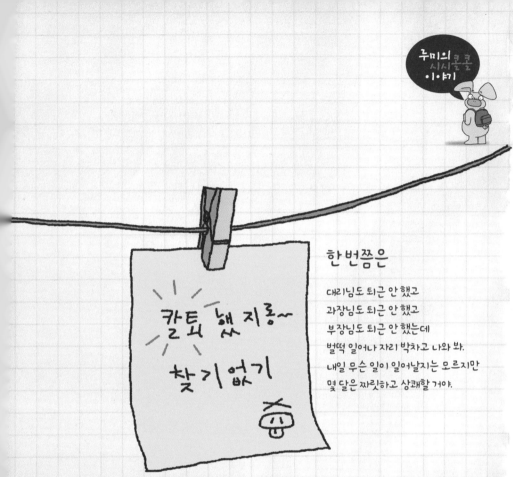

한번쯤은

대리님도 퇴근 안 했고
과장님도 퇴근 안 했고
부장님도 퇴근 안 했는데
벌떡 일어나 자리 박차고 나와 봐.
내일 무슨 일이 일어날지는 모르지만
몇 달은 짜릿하고 상쾌할 거야.

포기

포기할 거면 빨리 하자.
아직도 네가 찾을 때를 기다리며
대기하고 있는 기회가
너무 많이 밀려 있어.

누미의 시시콜콜 이야기

어이~ 여기 여기!
어디 가서
삽질이야??

삶은

축복일까?
고통일까?
아름다움일까?
아님 달걀일까?

다 살아본 사람은
죽었으니
물어볼 수도 없고
일단 잘 살아 봐야
답을 알지!

앙대~요
못줘~ 안 줘~
내꼬야~
삶은ㅇㅇㅇ

너 그러다 죽는다

밥을 배터지게 먹어도
한 숟가락도 안 먹어도
일이 많아서 밤을 새워도
온종일 빈둥빈둥 놀아도
운동을 조금만 열심히 해도
아예 드러누워 꼼짝을 안 해도
기분이 나빠 팔라 돼도
기분이 좋아 팔라 돼도
그렇다고 하네.

누구나 다 죽는데
아는 얘길 왜 또 하는지….

안 들려~
못 들었어~
엄마 이뭐!

고등어는 내꼬야~
선착순 100명
마트 이벤트 당첨
신공 발진!

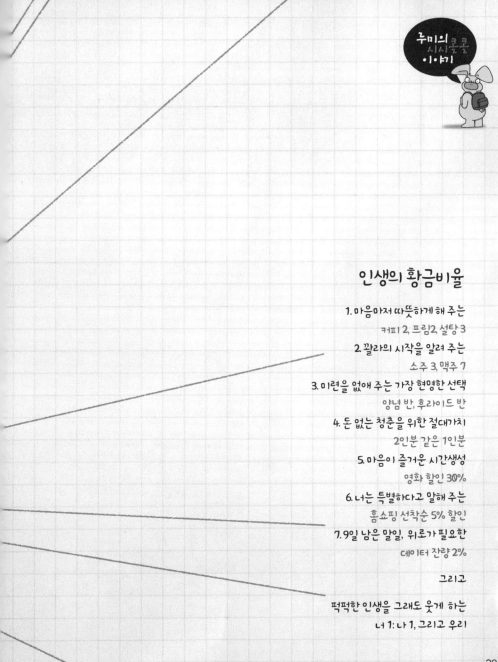

누미의 시시콜콜 이야기

인생의 황금비율

1. 마음마저 따뜻하게 해 주는
   커피 2, 프림 2, 설탕 3
2. 꼴라의 시작을 알려 주는
   소주 3, 맥주 7
3. 미련을 없애 주는 가장 현명한 선택
   양념 반, 후라이드 반
4. 돈 없는 청춘을 위한 절대가치
   2인분 같은 1인분
5. 마음이 즐거운 시간생성
   영화 할인 30%
6. 너는 특별하다고 말해 주는
   홈쇼핑 선착순 5% 할인
7. 9일 남은 말일, 위로가 필요한
   데이터 잔량 2%

그리고

퍽퍽한 인생을 그래도 웃게 하는
너 1: 나 1, 그리고 우리

39

다음에 또 와

아는 후배와 정류장에서 버스를 기다리고 있었다.
그런데 막 떠나는 버스 창가에 앉은 여자를 보고 후배가 말했다.
"저 여자 내 이상형이야."
"그래? 그럼 빨리 타!"
후배 놈이 태연스럽게 다음 버스를 보며 말한다.
"걱정 마, 다음 버스에 또 와!"

기다리면 오는 버스처럼
사랑도 그래.
그깟 사랑
다음에 또 오게 돼 있어.

사랑에 서툰
당신을 위한
조언

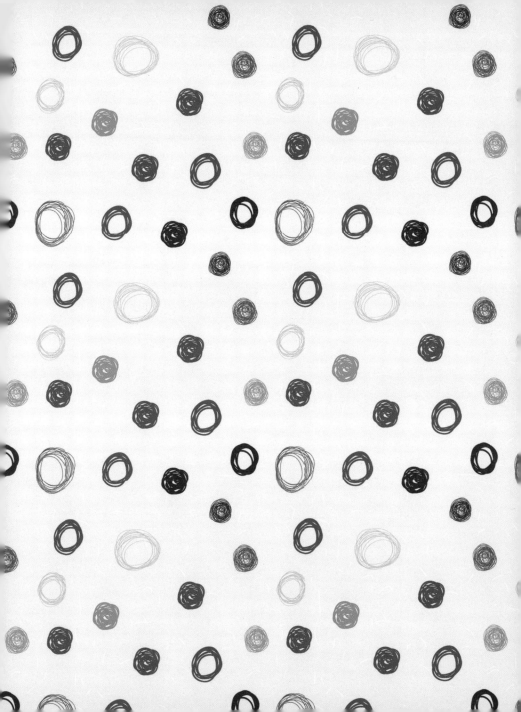

하나
두울~
셋
넷
。
。
。

열까지 세면
열어줄래?
네 마음

하나,
항상 마주하기

뒤돌아 있으면 영영 못 찾을지도 모릅니다.

잠깐 동안
나 없어도
괜찮지?
(불안 불안···)

둘,
한번쯤 떨어져 보기

그거 알아?
마음이란 녀석은
가끔
떨어져 있을 때
더 잘 보인다는 거.

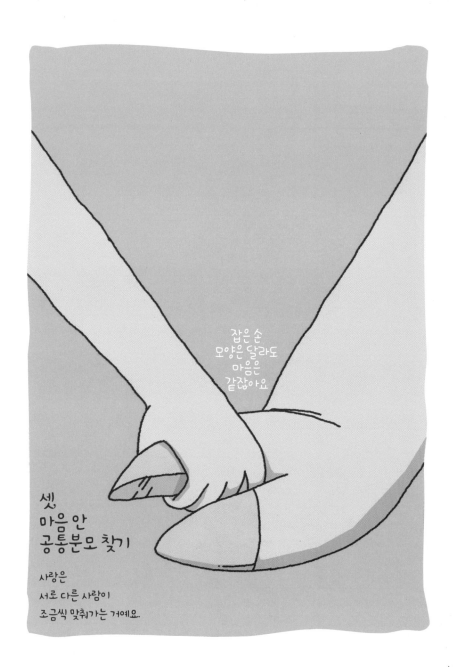

잡은 손
모양은 달라도
마음은
같잖아요

셋
마음안
공통분모 찾기

사랑은
서로 다른 사람이
조금씩 맞춰가는 거예요.

넷
오해는 그때그때 풀기

만남이 자주 어긋나면
마음이 어긋날 수도 있습니다.

만약 그 사람과의 만남이 어긋났다면
지금 당장 찾아가세요.

그리고
내 사람 심장소리 느낄 만큼 껴안기를
강추합니다.

다섯,
함께할 땐 집중하기

너와 함께할 땐
잠깐 꺼두셔도 됩니다.

그래도
쪼금은 불안하다~ ^^;;

여섯,
무조건 편들어 주기

사랑한다는 건
언제나 내 옆에서
나를 응원해 주는 그를
우리 팀으로
트레이드하는 거예요.

재계약을 위해
지금보다 더 많이
사랑해 주세요.

앞으로 80년 동안
너만 응원할게.

일곱,
하루 한 번
사랑한다 말하기

쑥스러워도
창피해도
간지러워도
말할 거야.

너를
사랑해.

여덟,
사랑이란 말로
옭매지 않기

너무 집착하면
깨물어 버릴지도 모릅니다.

아홉,
벽 쌓지 말기

준비가 안 돼서
부끄러워서
능숙하지 않아서
그렇다는 거 알아.

근데 적당히 쌓아 주라.
내가 넘을 수 있을 만큼만.

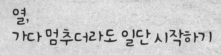

열,
가다 멈추더라도 일단 시작하기

사랑이라 생각된다면
당황하지 말고 일단 시작!

사랑 찾아
네 맘으로 출발~

열하나,
그 사람만의 특별함 발견하기

사랑한다면
아주 작은 의미로도
널 찾을 수 있어.

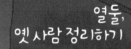

열둘,
옛 사람 정리하기

오랜만에 나온 소개팅자리.
내 소개를 하다가
지난 사랑이 생각났다.

정리되지 않은 컨닝페이퍼가
시험 보는 동안 방해만 되듯

정리되지 않은 사랑은
새로 시작할 사랑의
눈치 없는 방해꾼이다.

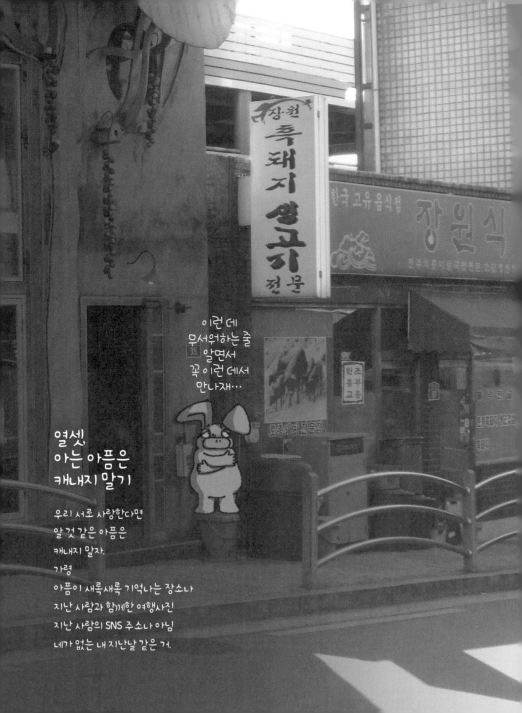

이런 데
무서워하는 줄
알면서
꼭 이런 데서
만나재…

**열셋
아는 아픔은
캐내지 말기**

우리 서로 사랑한다면
알 것 같은 아픔은
캐내지 말자.
가령
아픔이 새록새록 기억나는 장소나
지난 사람과 함께한 여행사진
지난 사람의 SNS 주소나 아님
네가 없는 내 지난날 같은 거.

열넷
간보지 말기

사랑을 확인하고 싶나요?

핸드폰 검사하기
위치추적 하기
꼬집어서 진실 말하게 하기
귀가 시간 체크하기
화상통화하기
...

사랑을 확인하지 마세요.
남는 건 아픔 밖에 없어요.
내게나 그 사람에게나.

꼭
이런 방법으로
확인해야만
하시나요?

3만 원의 행복

무언가에 꽉 막혀 한 발자국도 나가지 못할 때
가장 필요한 건
찐한 소주 한 잔과 넋두리 받아 줄 친구.

지금
지갑에 3만 원 챙겨 넣고
친구 만나러 간다.

이 노무 시키
금새 온대서
미리 시켜서 굽고 있는데...
안 오면 어떡하지?

연을 끊어야 할 친구

1. 말도 없이 마지막 안주 날름 집어 먹는 친구.
2. 마지막 안주 먹고 마지막 술잔은 부딪치지도 않는 친구.
3. 말 꺼내는 족족 끊어버리는 친구.
4. 비밀 안 지키고 동네방네 소문내는 친구.
5. 빌린 돈 안 갚는 친구.
6. 없는 얘기 꾸며내 놀리는 친구.
7. 술은 같이 먹고 술값은 절대 안 내는 친구.
8. 허황된 꿈만 생각하는 친구.
9. 아무리 봐도 바보 같은 친구.
10. 이성을 유독 밝히는 친구.

그럼 연 끊지 말고 잘 지내야 하는 친구는?

이 모든 걸 전부 갖고 있는 날
친구라고 연락하는 친구.

그리움 중독

밤만 오면
난 뭔가가 막 그리워.
지난 시간이
사람이
만남이
꿈이
소주 한 잔이…

세상 모든 것이 그리운 나는,
그리움에 중독된 걸까?

그냥 걸어 보자

걷다가 길을 잃어도
막다른 길에서 되돌아가더라도,
멈추지만 않으면
뭐라도 나오겠지.
누구라도 만나겠지.
지구가 무인도는 아니니까.

사람의 체온이
36.5도인 이유

누군가의
지치고 시린 손을,
기다리다 꽁꽁 언 발을,
차갑게 돌아선 마음을
따뜻하게 녹여줄 수 있어서

당신의 마음은
햇볕이 어지럽게 내리쬐는
여름날 오후 두 시보다
뜨거운 거예요.

가끔은...

이리저리 재다가 놓치고 마는,
쉽게 타올랐다 쉽게 꺼지고 마는,
밀당하고 썸만 타다 끝나는 계산된 사랑의 시대.

가끔은
목숨을 걸어야 하는 사랑이 그립다.

당신 없인 못살아~
사랑이 아님 죽겠소~

지금 스토커한테
시달리고 있어요.
네~ 어제 왔던
때지요…

내 맘
전하지 못한
너에게

겁쟁이

내 마음
너에게 열고 싶은데
말하는 순간
넌
사랑이 아니라고 할까 봐
겁이 나.

방해해서
미안해

아!
그 사람과 같이 있구나.

미안해.
몰랐어.

너
어장관리 하냐?
오랬다가~
말랬다가~

아직은 빨간불

노랗게 깜박거리면서
내 맘 어지럽히지 말아 줘.

파란불이든
빨간불이든
상관없어.

하염없이 기다리던 내 맘
까맣게 정전되기 전에.

사랑에 관한 자가 진단법

1. 멍 때리는 시간이 많아졌다.
2. 엄청 바쁜데 그 와중에 누군가가 생각난다.
3. 소주만 마시면 아무 사이도 아닌 지정된 이성에게 전화를 건다.
4. 글은 안 쓰면서 예쁜 사진으로만 SNS를 도배한다.
5. 짜증을 내다가도 웃는다.
6. 휴대폰을 쩨려보는 시간이 늘었다.
7. 류뚱이 8점이나 내주고 조기강판 당했는데 호탕하게 웃고 있다.
9. 집중하지 못한다는 잔소리를 듣는다.
10. 갑자기 세상이 아름다워 보인다.
11. 밥집 이모 혹은 택배 아저씨에게 사랑한다고 말했다.
12. 최악의 식당에서 천상의 맛을 느낀다.
13. 근래 들어 미쳤다는 소리를 두 번 이상 들었다.
14. 거울을 보면 눈동자에 하트가 떠다닌다.

여기에 3개 이상 해당된다면 당신은 사랑에 빠진 거예요.
지금 바로 전화해서 고백하세요.
진작부터 사랑했다고.
안 그럼 딴 사람이 채갈지도 몰라요~

빠지지 말자

누군가에게 길들여진다는 건
눈물을 흘릴 일이 생긴다는 것인지도 몰라.
- 《어린왕자》 중에서

조심해야지.
길들여지지 않게.
사랑에 빠지지 않게.

엑스레이

내 안에
너 있대.
사실대로 말해 봐.
너 회충이냐?

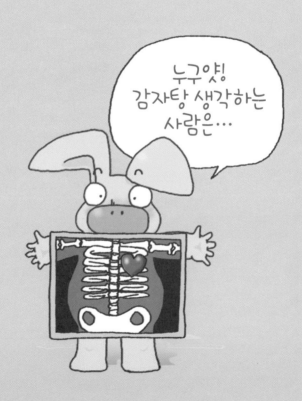

당신은
그 사람을,
난 당신을

그 사람이
그리운가요?

전 당신이
그리운데…

에고
목 아파~

지워질 줄 알면서

사랑이라 적어.

이 선 넘지마

넌
사랑할지도 몰라.

난독증

읽으면 읽을수록
더 알 수가 없어.
네 마음.

배가 나온 게 아니라
팔이 짧은 거야!!
아니 아니,
바지가 줄어든 거야.

널 안을 수 없는
애절함에 대하여

널 안을 수는 없는 건
똑같은데,
너와의 거리 5000km보다
내 허리사이즈 38인치가
더 멀게 느껴져.

무서워 죽겠네.
한번 넘어지면
못 일어날텐데.

폭설주의보

눈이 너무 많이 왔네.
내 마음 속 그리움도
폭설주의보야.

새벽에 걸려온 전화

아침부터 전화만 째려보고 있다.

혹시나 너일까?
무슨 말을 해야하지?
다시 시작하자 해 볼까?
아직 너를 생각한다고 말할까?

용기 내어 전화했는데
없는 번호란다.

내 개인정보는
중국에 있나 보다.

누구냐 넌?

걸지 않으면

걸지 않으면
잡아 줄 수가 없잖아.
- 드라마 〈상속자들〉 중에서

사실 말이지.
다리가 짧아서
안 걸릴 때가
더 많아.

아끼는 우산

지난주
갑작스런 비 때문에 빌려 준
아끼는 우산을
찬란하게 햇빛 좋은
오늘 돌려받았다.
말도 안 되는 비유지만,
사랑한다 말했는데
소개팅을 나가더니
돌아와서는 사귀자는
너를 닮았어.

마냥 사랑스럽고
마냥 미운 널
잃어버릴까 봐
지금 난 전전긍긍하고 있어.

가끔은

사랑이 너무 익숙해지면
모른 척할 때가 있어.

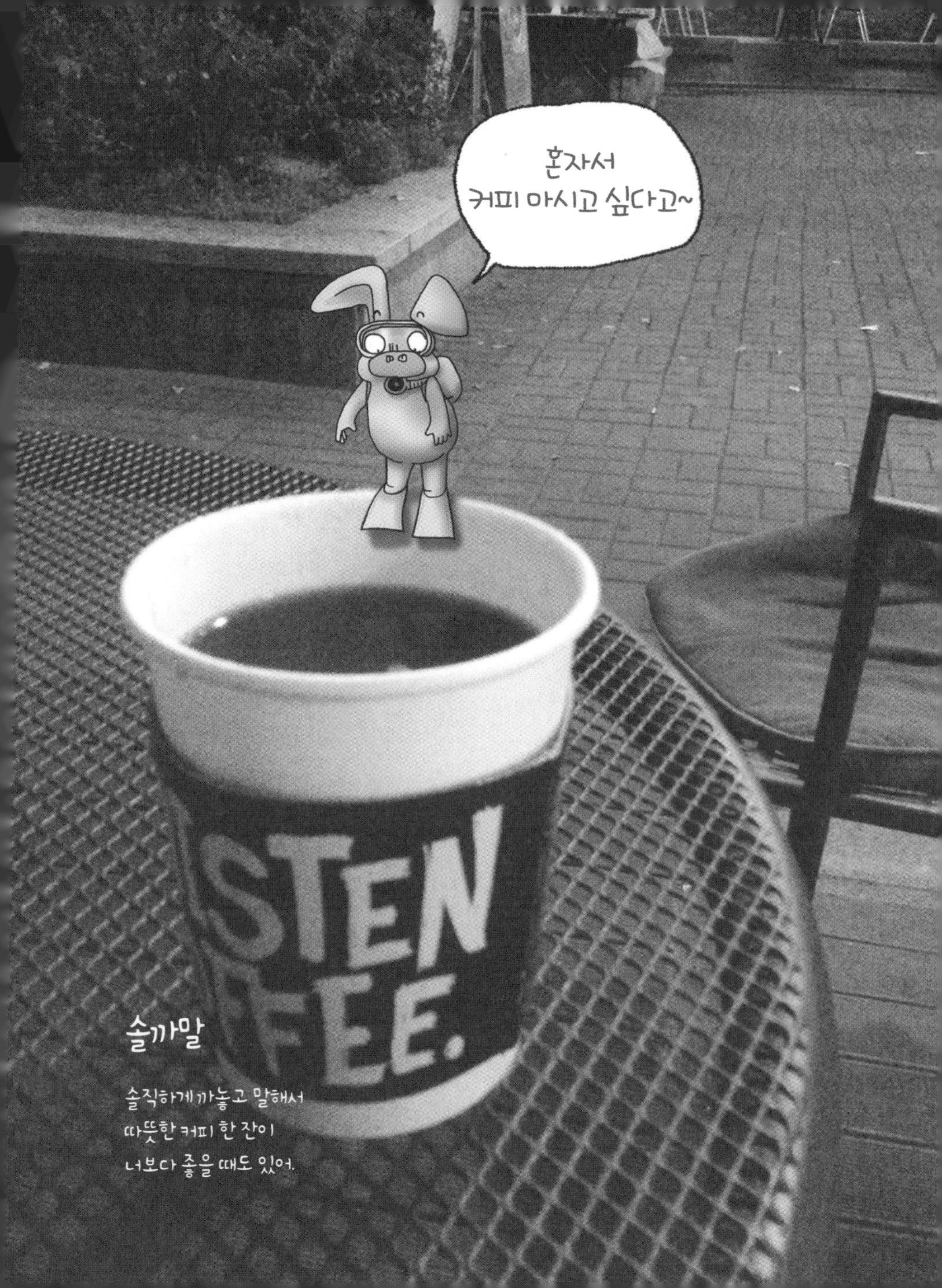

솔까말

솔직하게까놓고 말해서
따뜻한 커피 한 잔이
너보다 좋을 때도 있어.

한국 축구

점유율 32%
패스 성공률 41%
유효슈팅 0
파울 19
경고 3
퇴장 0

90분 내내
공만 쫓아다니는
한국 축구.

어쩐지
네게 말하지 못한
내 사랑과 닮았다.

들리나요?

마음에도 귀가 있다면

네가 들을 수 있을 텐데...

들리나요? 제 맘...

떠나간 사랑에게 고함

어느 시인은 말했다지.
"사랑을 잃고 나는 쓰네"라고.

나는 이렇게 말할 게.
"그까짓 사랑 개나 줘 버려!"

이런 거 말고
먹을 걸 달라고!

아낌없이 주는 나무

세상에서 가장 무서운 길들임.
아이는 그렇게 독거노인으로 늙어갔다.

에고 허리야...

비교견적 시장

취업준비 중인 동생은
스펙에 그렇게 목말라 하더니
급기야 6개월간 영어 연수를 가겠다고
한바탕 난리를 쳤다.
기본 탑재 사항 중 해외연수가 들어 있나 보다.

안타깝게도 동생은
비교견적 시장에서는
행복을 살 수 없다는 걸
모르는 것 같다.

끝판왕

오늘 만난 인간 말종이 내 인생 마지막 말종은 아니다.
끝판왕은 제일 마지막에 나타난다.
그런데,
문제는 주구장창 업그레이드된다는 것.
이겨봤자 템도 안 주는 것들이 말이다.

앗싸~
막판 깼다

바보야!
어제 오백만 판
업그레이드 됐어.
몰랐냐?

쓰레기통

중요한건
안에 뭐가 들어있냐는 거야.
만약 그 안에 든 게 쓰레기라면
르네상스식 문양에 보석을 달았대도
결국 쓰레기통이야.

누미의 시시콜콜 이야기

머피의 법칙

핸드폰은 A/S 의무기간이 지나고
약정 기간이 끝나기 전에 고장난다.
막 던져도 괜찮던 핸드폰이
꼭 새 폰으로 바꾸면 망가진다.
문서 자동저장을 해제하면 꼭 오류가 난다.
오류난 문서의 백업은 언제나 없다.

이상하다.
기술이 발달할수록
머피의 법칙도 늘어간다.

이별,
사랑과 같은
모양으로
찾아온

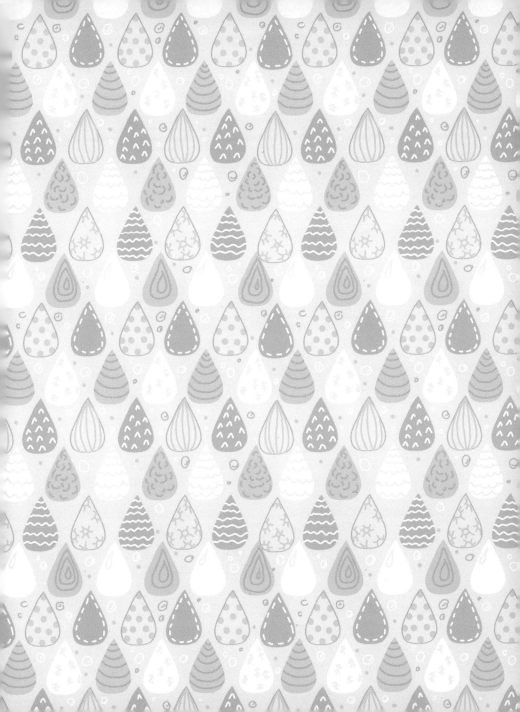

안녕

'안녕~'

우리가
서로에게
처음 했던

어쩌면
마지막엔
할 수 없을지도 모를.

'안녕~'

limit

헤어지는 이유는
사랑했던 이유에서 시작된다.

따뜻한 배려가 귀찮은 간섭으로
달콤한 속삭임이 진심 없는 거짓말로
검소한 옷차림이 센스 없는 게으름으로...
사랑했던 이유는 그렇게 헤어지는 이유가 된다.

사랑을 지속하려면
사랑이 영원하다고 믿는 것보다
사랑의 한계를 인정하는 편이 낫다.

전화할 수 없었어

지금 내 마음은
와이파이 불통지역에 있거든.

배터리 나간
휴대폰처럼
나도 말라버렸나 봐.

시간의 반비례

사랑을 시작할 땐
사랑할 시간만으로 언제나 촉박하다.
그 사람을 만나기 위해 빨리 일을 끝내야 하고
그 사람과 함께하는 시간은 매번 짧기만 하다.

사랑이 익숙해지면
사랑을 피하기 위해 언제나 촉박하다.
그 사람을 만나는 동안 바쁘지 않던 일도 급하게 느껴지고
그 사람과 함께하는 시간은 지루할 정도로 길기만 하다.

사랑하는 동안
시간 반비례 현상이 일어나면
벗어나기 위한 방법은 두 가지 뿐이다.

결혼을 하거나
이별을 하거나.

가끔 그런 상상을 해

일기예보를 확인해 비 오는 날을 찾아
삼청동 분위기 있는 카페에서
사람 붐비지 않는 시간에 맞춰
잔잔한 음악을 배경으로 깔고
눈빛은 애절하지만 담담한 음성으로
'이제 너를 놓아줄게,' 라고 말했더라면,
그랬더라면 어땠을까?

해 보니까 말이지.
세상엔 폼 나는 이별은 없어.
차거나 차이거나
그러니까, 나쁜 놈이 되거나 우는 놈이 되거나
둘 중 하나 뿐.

똥 꿈 잡지 마。

영원히 멈추고 싶은

나에게도
영원히 멈추고 싶은 순간이 있습니다.

사랑하는 사람이 전하는
헤어짐의 순간
보고 싶지 않고, 믿고 싶지 않고,
아무것도 할 수가 없고
그런 내 자신이 한 없이 무력한
그런 순간.
- 드라마 〈별에서 온 그대〉 중에서

넌 어느 별에서 왔니?

매번 그랬어

내 완소 아이템
검정코트도 아직 꺼내지 못했는데
영하 3도 이름표를 붙이고 찾아온
이른 겨울처럼

이별은
매번 예고 없이
찾아오네.

추운데···
긴팔 옷은 다 어디로 간 거지??

**헤어진
다음날**

지난 마음,
지난 사랑,
지난 기억,
지난 얼굴,
다 토해 버리고 싶은데
담아둔 마음은 나와 주질 않네.

지하철을 놓쳤어

사랑처럼.

가로등 아래
취한 채 서다

지독하게 매달리고
미치도록 흐느끼고
그렇게 힘들게
어스름한 새벽이 되어서야
취기 오른 혀 끝은
단발한숨으로
마음을 토한다.

사랑,
그건
취한다고 잊을 수 있는 게
아닌가 봐.

그날이후

그날이후
땅만 보고 다녀.
행여 너와 마주치면
왈칵
울어 버릴 것 같아서...
(덕분에 동전은 꽤 주웠어. ^^;)

사랑 줄

끊으면
자유로울 거라 생각했는데
끊으니
움직일 수 없었어.

비 때문이야

그리움은
그렇게 넘기자.

계절 탓,
날씨 탓,
비 탓 하면서.

너 때문이 아니야.
그냥 비 때문이야.

도마뱀의 눈물

그거 알아?
도마뱀은 위험이 닥치면
살기 위해 꼬리를 자르는데
그 아픔이 엄청나서
눈물을 흘린대.

미래가 없던 너와 나.
너도 살기 위해 나를 잘랐잖아.

너도 그랬니?
잘라버린 나 때문에
아파서 울었니?

사는 게 힘들 때

그쵸.
깜깜한 내일과 매달 반복되는 카드 값
동영상 몇 번 안 봤는데 정액 넘어선 데이터
약속 앞두고 보게 되는 가난한 지갑
공과금이랑 통지서는 뭐가 이렇게 많은지.
믿었던 사랑마저 내 맘 같지 않죠.

그런데요.
가만가만 숨죽이고 기다리다 보면
좋은 날이 어느날 갑자기 와요.
이젠 모르겠다 싶어 다 놓아버리고 싶을 즈음,
어라? 뭐지?
그렇게요.

그러니까 힘내요.
그때까지
토닥토닥
내가 나를 안아주면서요.

에휴~
존재 자체가
비용이군.

갑자기
마음이 어두울 땐

불을 켜.
너무 어두우면
무언가에 부딪쳐 다칠 수 있으니.

자학 금지

자책하지 마.
잘해도 잘못해도
욕하는 사람은 꼭 있거든.

너 하나 안 보태도 충분해.

그럼 좀 어때?

아플 땐
실컷 울고 난장을 쳐도 괜찮아.
그냥 다음날이나 다음 만남에
쫌 창피할 뿐.

창피하다고 죽진 않잖아?

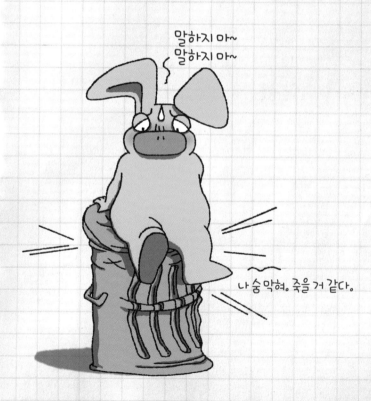

말하지 마~
말하지 마~

나 숨막혀. 죽을 거 같다.

대신
밥은 남기면
안대요~

남길 필요 없어

사람은 죽어서 이름을 남긴다고?

이름 못 남긴다고 고민하지 마.
이름 따위 없어도
네 인생은 원래 예쁘니까.

살맛이 안 난다면

'엄마, 아빠, 동생, 애인, 자기, 친구, 취미, 꿈, 사랑해, 좋아해, 너뿐이야,
고마워, 보고 싶다, 오늘 만날까? 소주 한 잔 어때?'

이 중 눈에 들어오는 말을 찾아봐.
하나라도 있다면
그래도 세상은 살 만한 거야.

거짓말쟁이 거울

내 방 거울에 비친 내 모습은 더 멋져 보인대.
그러니 내 방 거울은 믿으면 안 된다나?
하지만, 그럼 좀 어때?
세상에서 날 위해 거짓말을 해 주는 게
하나쯤 있는 것도.

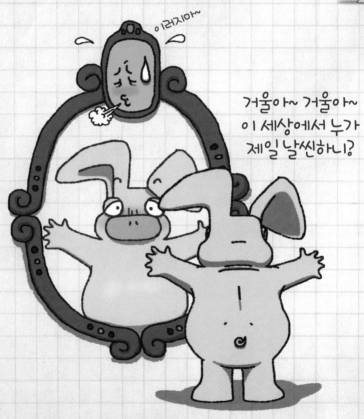

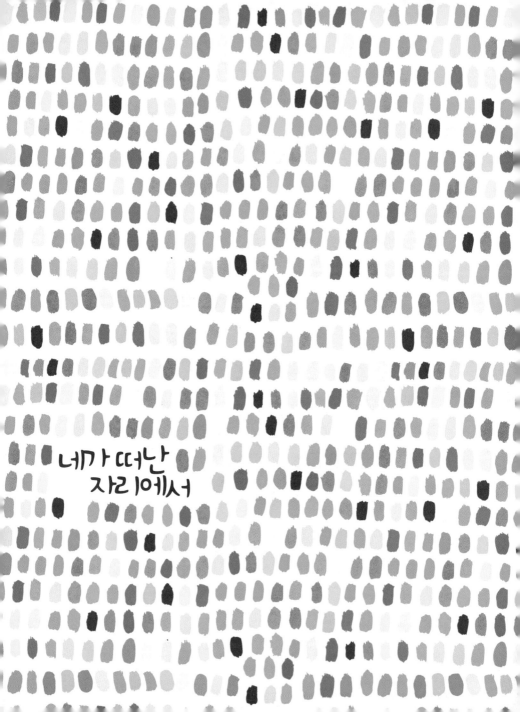

네가 떠난
자리에서

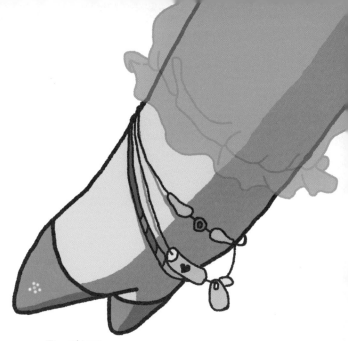

그때부터

헤어진 그 순간
나에게 넌
사랑이 돼 버렸어.

사랑에서 멀어지면

사랑에서 멀어지면
아픔이,
그리움이,
슬픔이 아니라
무료함이
가장 먼저 찾아 와.

자꾸 돌아보게 돼

내 맘
따라오지 않고
네 옆에 있잖아.

잘 지내나요?

러브레터

영~ 대답이 없다.
내가 누군지 잊었나 보다.

나는 잘 지내요.

헤어지기 전엔 몰랐어

울면서 잠이 들고
울면서 깰 수 있다는 걸.

너 때문이 아니야

갑자기
목이 따끔거리고 눈물이 흐르는 건
점심 먹다 목에 걸린 가시가
아직 남아 있기 때문이야.

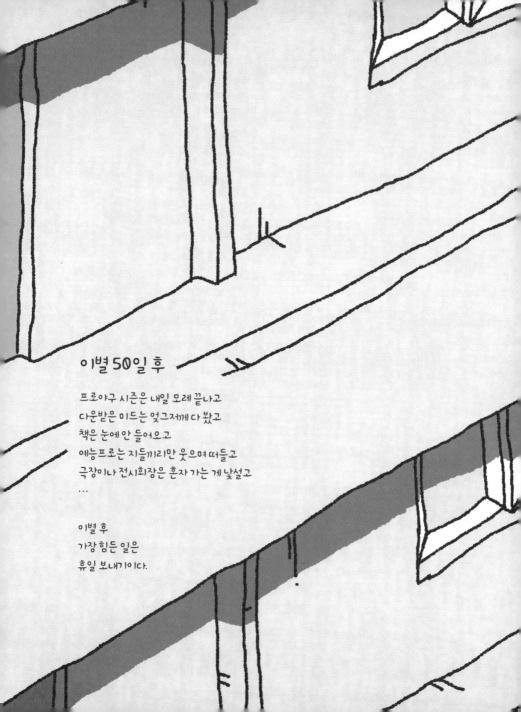

이별 50일 후

프로야구 시즌은 내일 모레 끝나고
다운받은 미드는 엊그제께 다 봤고
책은 눈에 안 들어오고
예능프로는 지들끼리만 웃으며 떠들고
극장이나 전시회장은 혼자 가는 게 낯설고
…

이별 후
가장 힘든 일은
휴일 보내기이다.

봄날을 걷다

잊기는 개뿔
다리만 아프네...

너를 향한 마음

너는 잊어 달라고 했는데
도저히 잊을 수가 없어서
잠시 묻어 두기로 했어.

혹시라도
거기에서 싹이나
나무로 자라면
그땐
내가 뿌리째 뽑아버릴게.
네가 알아차리지 못하게.

사다리를
가져왔어야 해.

이별 후유증

평소엔 듣지도 않던
2/4박자 트로트 가사가
심장을 찌르고

가던 길을 멈추고
크게 심호흡도 해.

아무리 웃긴 얘기를 들어도
귀에 들어오지 않고

졸지도 않았는데
내려야 할 지하철 역을
그냥 지나쳐.

무슨 반찬에든
밥이 아니라 소주를 먹고

뜬눈으로 밤을 새도
잠이 오질 않아.

그렇게 하루를 보내고 있어.

이별에 대한 답은
송대관 아저씨였어.

159

내 머리 속 지우개

내 머린
지웠다 말하는데

내 마음 속 넌
깊게 패인 필흔으로
남았나 봐.

여름날
서늘한 장맛비가
고랑에 고이듯

자꾸 내 마음에
눈물이 고여.

그냥아무
이유 없이

그냥
혼자 우는 날도
있는 거지.

가장 후회되는 것

이렇게 아픈 거였으면
매달려 보기나 할 걸.

성장통

밤새 쑤신
마음자락 때문에
새벽녘 동틀 때서야
부은 눈이
겨우 감겼어.

아마,
밤새 한 뼘 정도는 자랐을 거야.
이별에 대처하는
내 마음은.

너의 빈자리

여기였지?

네가
앉았던 자리.

발자국

이젠
어딜 가든
발자국은
하나뿐이겠지.

남 vs 여, 화장에 대하여

[여자]
어제는 코랄 핑크 립스틱을 발랐으니
오늘은 오렌지 핑크 립스틱을 발랐다.
매일 새로운 모습을 보여 주고 싶은 내 마음.

[남자]
이 여자
립스틱 색깔 예쁘다고 칭찬했더니
며칠 째 똑같은 것만 바르고 온다.

14일 2끼째.
곰탕이 맛있다고
말하는 게 아니었다.

167

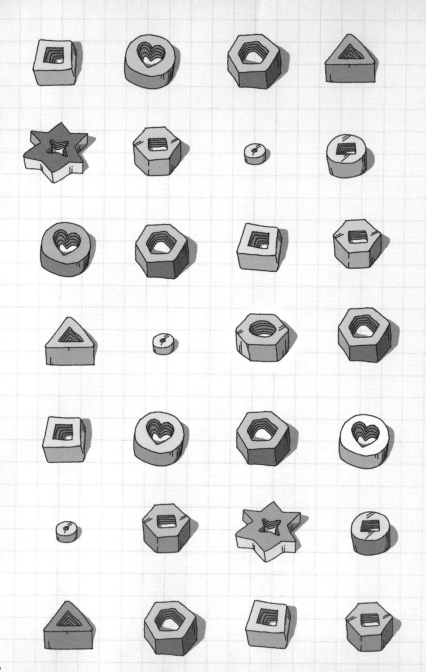

남자와 여자,
그 풀리지 않는 숙제

인류역사상 가장 위대한 발명품 중 하나인 볼트와 너트.
신이 위대한 이유는 인간을 볼트와 너트로 만들었다는 것.
모양새는 서로 너무 다른데,
따로 있으면 아무짝에도 쓸모 없는.

밸런타인 데이 vs 화이트 데이

[밸런타인 데이]
왜 여자들은 초콜릿을 녹여 초콜릿을 만들까?
남자들은 이해 못할 미스터리.

[화이트 데이]

왜 남자들은 화이트 데이에 사탕만 줄까?(정말 몰라서 그러나?)

여자들은 이해 못할 미스터리.

우주 전쟁의 서막

[여자]
나 어디 바뀐 데 없어?

[남자]
...

물잖아...

징~

징~

연애와 결혼의 차이

[연애시절]
그대를 만나고 그대의 머릿결을 만질 수가 있어서

[결혼 후]
그대를 만나고 그대의 머리채를 잡을 수가 있어서

연애와 결혼은 한 끗 차이다.

먼지 이느낌?
애정만은 아닌데…

그 남자와
그 여자의 통화

[상황 1]

여자 : 자기야 피곤하면 집에서 쉬어~

남자 : 그래도 돼?

여자 : ^^ 그럼~. 영원히 쉬어ㅡㅡ!

[상황 2]

여자 : 자기야, 나 너무 피곤하다~

남자 : 그럼 집에서 쉴래?

여자 : 전원이 꺼져 있어 소리샘으로 연결합니다.

아… 쉬고 싶다

가방의 숨은 진실

Man's Bag

[남자 서류 가방의 진실]

1년 째 안 읽는 책,

1주일 전에 넣어 둔 우산,

그 밖에 언제 넣어둔 지 모르는 종이쪼가리...

(여자는 가방을 가지고 있으면서 볼펜을 빌리는 남자를 이해할 수 없다)

Woman's Bag

[여자 백의 진실]

상처를 가릴 만큼 큰 숄더백,

핸드백,

동전지갑,

화장품 파우치…

(남자는 여자의 가방이 해리포터에 나오는 마법의 가방이라는 사실을 이해할 수 없다)

대화의 기술

'도민준이 천송이에게 했던 고백',
'유행이 되돌아온 웨지힐',
'수분함량 200% CC크림',
'시가 2000만원이라는 드라마 속 패딩'···

남자는 그녀가 하는 말 중 알아들을 수 있는 게 거의 없었다.

그래서 오늘은 작심하고 그녀가 드라마, 화장품, 가방, 옷을 이야기할 때 이렇게 말했다.

"컴퓨터 CPU를 바꿔야 해. 요즘은 SSD하드를 주로 쓰지. 외장하드 1TB도 사야 하고···"

순간 대화는 끝났다.

대화의 기술? 그런 건 없다고 봐.

그냥 서로 알아듣는 이야기를 하면 돼.

그, 혹은 그녀가 하는 말을 못 알아듣겠거든 이렇게 말해 봐.

"나도 알아들을 만한 얘기 좀 해 주면 안 될까?"

(단, 처음에 살짝 얻어터질 각오는 좀 하고)

女 男

찾을 수 있겠니?
교집합…

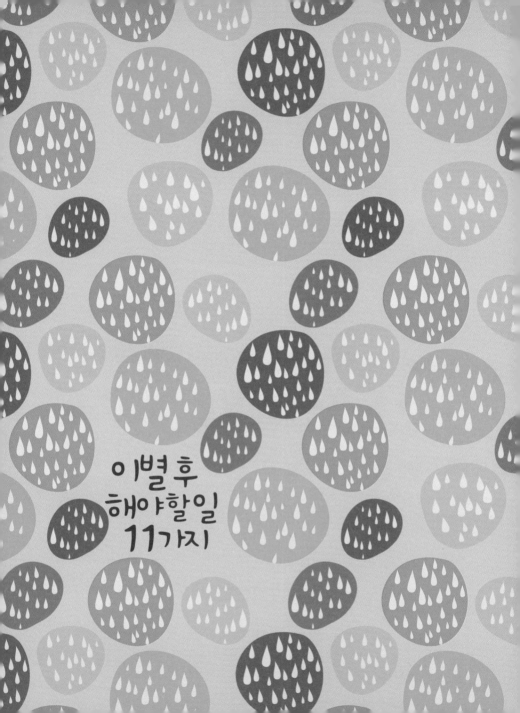

이별 후
해야할일
11가지

하나,
밀린 청소하기

하루 날 잡고
그동안 못했던 대청소를 한다.
구석구석 깨끗해진 만큼
마음도 심플하게 정리할 수 있다.

근데 대따 졸립다···

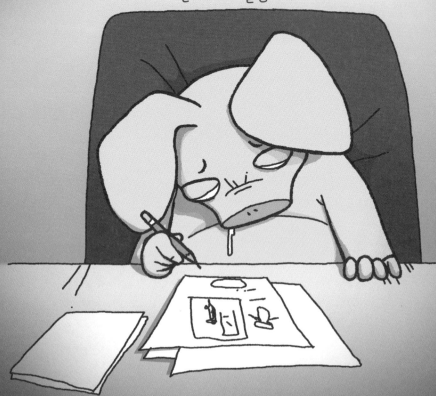

둘,
죽도록 일해 보기

그동안 데이트하랴, 시간 쪼개 전화하랴, 머리 굴려 밀당하랴
엄청 바빴지?
이제 눈 딱 감고 죽도록 일만 해 봐.
코피 쏟을 만큼 일하다 보면
그깟 이별은
부장님 잔소리보다도 하찮을 걸?

셋
혼자 여행가기

가방 하나 달랑 매고
발길 가는대로 나서 봐.

지금 아니면
언제 해 보겠니?

넷
시체 놀이

짱구가 가장 좋아하는 시체 놀이 따라 하기.
별매품으로 장기하가 추천하는 장판과 하나 되기와
벽지에 있는 무늬 수 세기가 있음.

다섯,
그 사람 물건 정리하기

추억 환기 사태를 막기 위해
그 사람 물건은 필히 정리할 것.
(단, 그 물건이 카드 영수증일 경우 심장병이나 고혈압을 일으킬 수 있으니 취급 주의)

여섯,
멋진 몸 만들기

복수는 '내가 제일 잘 나가' 뿐.

기필코 빼!

금식 5시간 56분 째.
가까이 오지 마. 잡아먹을지도 몰라.

일곱,
하루 한번 셀프 토닥

이별 후 제일 미련한 짓은
내 탓하며 후회하는 것.

이제는 내가 나를 안아 주자.
내가 나를 사랑해야
다른 사람도 나를 사랑할 수 있으니.

여덟,
진탕 취해 보기

기억이 안 날 만큼
마셔 봐.
다음날 아침이면
뒤집힌 위장 때문에
마음은 아픈 줄도 모를 걸?

딸꾹….。 뭔 소리야?
니가 아니라 니네 엄마라고?
근데… 왜 받으셨어요?

x

x

x

여덟,
진탕 취해 보기

기억이 안 날 만큼
마셔 봐.
다음날 아침이면
뒤집힌 위장 때문에
마음은 아픈 줄도 모를 걸?

딸꾹….。 뭔 소리야?
니가 아니라 니네 엄마라고?
근데… 왜 받으셨어요?

194

아홉,
무작정 쉬기

이제 좀 쉬자.

일요일 이른 아침
졸린 눈 비비며 일어나
이 핑계 저 핑계 대며 약속시간 미루던 일은
이제 더 이상 안 해도 돼.
(단, 휴일에 계속 잠만 자다가는 평생 방바닥만
긁을지도 모른다는 것만 기억할 것)

지금 충전 중...

65%

열,
목 쉴 때까지
욕하기

"나 버리고 얼마나 잘 사나 보자.
내가 너한테 해준 게 얼만데.
사실 나도 너 별로야.
너 같은 인간 만나가지고
얼마나 개고생을 했는데."
...
고래고래 욕하기
목 쉴 때까지.

조심해.
마주치면 죽는다~

열 하나,
그래도 안 되면...

마음껏 울기.

진짜 편하게
떼굴거리고 있는데…
왜케 불안하냐…?

아이러니 1

가장 편안한 시간과
가장 불안한 시간은 공존한다.

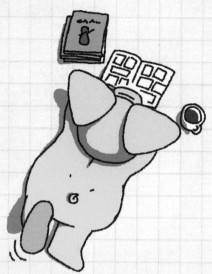

아이러니 2

그거 아니? 너는 너무 귀가 얇고, 마음이 여려.
그래서 이 험한 세상 어떻게 살려고 하니?
다른 사람의 충고 듣지 말고 네가 하고 싶은 대로 해.

그러니까,
네게 충고하겠는데 남의 충고는 듣지 마.

엉아는
내 말을 넘
잘 들어.

넌 귀가
넘 얇아.
어떡하냐...

그 섬에 가고 싶다

우리는
사람이라는 섬을 찾기 위해
오늘도 외롭게 표류하며 살아간다.

어쩌면 인생은
유인도를 찾아 헤매는 긴 여정이 아닐까?

사람들 사이에 섬이 있다.
그 섬에 가고 싶다.[1]

나도,
그 섬에 가고 싶다.

1) 정현종, <섬> 중에서

어디서 삼겹살 굽는
냄새 난다.
맛있겠당~

좋은 얼굴

웃으며 반기는
네 얼굴이 좋아.

이상하지.
객관적으론 참 못 생겼는데
보고 있으면 얼었던 마음이 따뜻해지는 것 같아.
마치 냉방 한 가운데 켜 둔 작은 난로처럼.

지친 인생을 슬픈 인생이 안아 준다

지쳐 우는 인생을
눈물조차 마른 슬픈 인생이
괜찮다고 가만히 안아 준다.

가장 큰 위로는
아무 말 없이
그냥 안아 주는 것.

그래서 아무리 힘든 사람도
누군가에게 위로가 되어 줄 수 있다.

너밖에 없어~

203

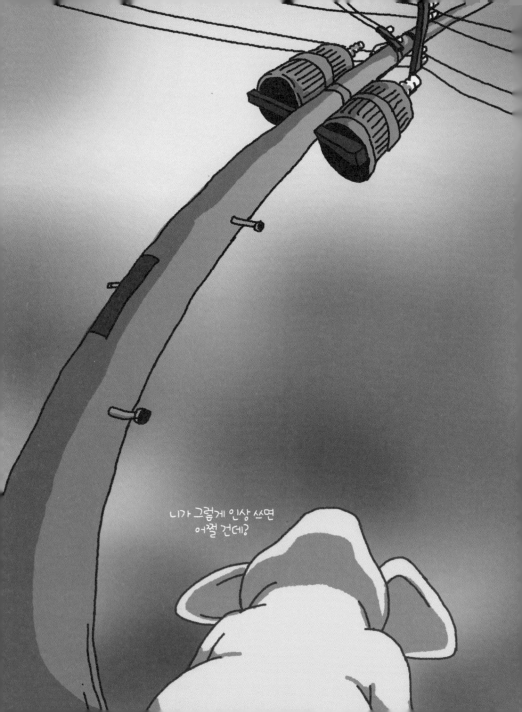

인생 그까짓 게!

마음 먹먹한 날,
올려다 본 하늘마저
시커멓게 인상 쓰며 내 정수리를 짓누른다면?

눈을 찡끗 치켜뜨고 하늘을 세게 째려봐.
그리고 숨 한번 크게 몰아쉬고 외쳐 봐.
"까짓, 인생 뭐 있어? 그냥 가는 거야, 화이야!"

A/S의 기적

나 혼자일 땐 분명 고장 났던 컴퓨터가
기사를 부르면 제대로 돌아간다.

지켜봐 주는 사람이 있다는 건
가끔 기적을 낳는가 보다.

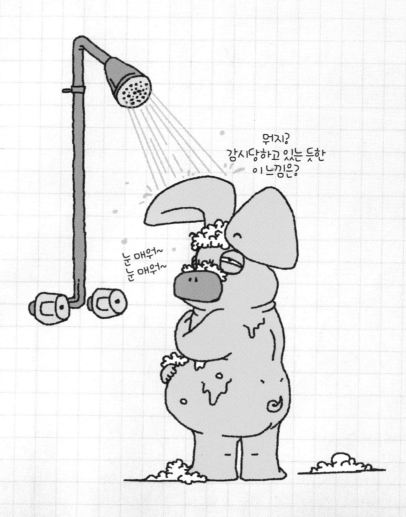

먼지?
감시당하고 있는 듯한
이 느낌은?

눈 매워~
눈 매워~

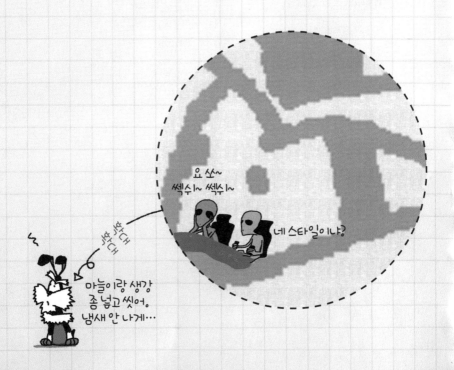

외롭지만
괜찮아

밥 힘

떠난 사랑 때문에
죽을 것 같은데
안 죽는댄다.

병도 아니어서
응급실에서도 안 받아 주고
의료보험도 안 된다네.

별 수 있어?
밥이라도 잘 먹어야지.

사랑이 떠나가도
배는 고프다.
슬픈 현실…

이젠 알겠어

하루 세 번 먹어야 하는 밥
하루에 두 번 사료 줘야 하는 대걸레
일주일에 한 번 물 줘야 하는 화분
몇 달 전 읽다 만 소설
마감 임박한 원고
만들다 포기한 포트폴리오
그밖에도 열여섯 개 쯤...

너보다
소중한 게 많다는 걸 알았어.

이건 내 입맛은 아니다.
때지 너나 먹어라~

정답

길을 걷다
사랑했던 사람과
우연히 만난다면?

눈 동그랗게 뜨고,
"누구세요?" 묻기.

인상이 참 좋으십니다.
혹시 도에 관심이…

여기 서 있음
네가 보여.

그 자리에 있으면

떠난 사랑을 기다린다면
그래서 그 집 앞을 서성댄다면
당신을 떠난 그 사람은
경찰에 신고할 걸?

떠난 사랑은
그냥 지나가게 놔두자.

지우고 있어

엊그제는 하루 종일
그제는 한나절 하고 네 시간 삼십 분
어제는 한나절 조금 모자라게
오늘은 반나절
아마도
내일은 서너 시간 정도

널 생각한 시간.

마음 보호구역

이별로 상처받은 마음은
보호구역으로 지정해야 돼.

대기 중인 다음 사랑을
좀 더 맑고 깨끗하게
맞기 위해.

그러니까 울지마

당신이
바보든 바람둥이든
사랑을 한 번도 못 해봤든
찌질하든 똘똘하든
게임 중독이든
아님
실연당한 지구인이든

당신을 생각하는 누군가가
적어도 한 명은 있을 거야.

당신이
누군가를 그리워하는 것처럼.

네 마음에도
비가 오니?

혹시
네 마음에도
비가 오니?

그럼
그 비에 숨어
한나절쯤 울어도 괜찮아.

내 마음 못 봤니?

너와 헤어진 뒤 알았어.
내 마음을
네가 다 가져가 버렸다는 걸….

찾았다! 내 마음

아직 지치지 않아서 다행이야.
지금은 장조림마냥 푹 절어 있지만
장마가 끝나고
쨍쨍한 햇빛이 비칠 때쯤이면
되찾은 내 마음이
콩닥콩닥 뛰고 있을 거야.

외롭지만 괜찮아

혼자 놀기 익숙해.

세상의 중심에서 사랑을 외치다

世界の中心で、愛をさけぶ

**"그때 나는
세상이 넘칠 정도로 사랑을 했다."**

생의 가장 아름다운 순간에 찾아온 투명한 슬픔

세상의 중심에서 사랑을 외쳐 봤다

웬만하면 하지 마.
목만 아파.

학교에서는 배우지 못하는 것들

흘러간 노래에서
친구와의 술자리 잡담에서
노을 진 저녁 하늘가에서
집 앞 슈퍼 주인아저씨에게서
인생을 배운다.

살아가는 데 필요한 것은
학교에서 가르쳐 주지 않는다.
인생의 모든 교훈은 학교 담장 밖에 있는 것 같다.

한 끗 차이

(배고플 때) 세상에서 가장 참기 힘든 매혹적인 냄새는?

1. 중국집 앞 지날 때 풍기는 짜장면 냄새
2. 삼겹살 굽는 냄새
3. 편의점 사발면 냄새
4. 통닭 냄새
5. 지하철역에서 파는 델리만쥬 냄새

(배부를 때) 세상에서 가장 참기 힘든 역겨운 냄새는?

1. 중국집 앞 지날 때 풍기는 짜장면 기름 냄새
2. 삼겹살 타는 냄새
3. 에어컨 고장 난 편의점 사발면 냄새
4. 기름에찌든 통닭 냄새
5. 지하철역에서 파는 들척지근한 델리만쥬 냄새

결국,
좋은 것과 싫은 것은 한 끗 차이.

예술은 배고플 때
나온다.

배고플 때 예술이 나온다고?
그 말 따라했더니 이렇다!!

아부지가 찍은 사진은 매번 이렇다.
아부지랑 나는 왠지 잘 통하는 듯.ㅋ

가족에 대한 고찰

[엄마 1]
찾는 물건을 앞에 두고도 보지 못하는 이들을 위한 마법의 주문.

[엄마 2]
자식들이여, 그만 좀 찾아라. 엄마도 인생은 처음이다.

[아빠]
사진 찍을 때만 필요한 존재가 아니다.

누미의 쿨쿨
시시콜콜
이야기

검문소

혹시 마음 앞에
검문소를 세워 뒀니?

택배 받기엔 좋겠지만
지나다 들른 친한 마음은
문턱도 못 넘고
돌아갈지도 몰라.

잠시 검문이 있겠습니다~

검
문
개

객관적으로 말하는데

객관적으로 생각해 봐.
객관적인 생각은 많은 사람들이 가진 보편적인 생각이잖아.
그런데 그 많은 사람들은 각자가 주관적인 생각을 가지고 있잖아.
그러니까 객관은 결국 주관의 집합체인 거잖아.

객관적으로 말하는데
객관은 없어.
그저 수많은 주관만 있을 뿐이야.

그러니까 주관적으로 네가 하고 싶은 걸 해.

평화를 사랑했던 비둘기

'평화(平和)'

'평(平)'은 '마음(心)'이 '평평해지는(二)' 거래.

'화(和)'는 '쌀(禾)'과 '입(口)'이 합쳐진 말이래.

그러니까 평화는 '입에 쌀(먹을 것)이 들어가야 마음이 편안해진다'는 뜻이야.

평화의 상징 비둘기들은 평화를 몸소 실천하고 있지.

너무 많은 평화를 추구한 탓에

이제는 날개를 단 채 걸어 다니는 신종생물로 진화하고 있어.

날개가 있지만 날지 못하는 비둘기가 주는 교훈은 딱 하나야.

넘치는 평화는 날지 못하는 날개를 만든다는 것.

내가 누구게?

238

쫌만 잘 생겼으면

사랑도
취직도
사람을 만나는 일도
잘 했을지 몰라
지금보다 쫌만 더 잘 생겼으면.

근데 어쩌면
외계 패션과 오징어 얼굴을 가진 친구들은
평생 못 만났을 수도 있었다.

그래도 사랑이
필요한 이유

나를
기다린다는

나를
기다린다는
그 말로

당신은
나에게
세상 전부를
주셨네요.

Loomy is
waiting for you.

아주 가끔

혼자 지하철을 타고 갈 때
친구들과 술자리 잡담을 할 때
늦은 밤 말뚱거리는 눈으로 잠을 청할 때
일오일 재방 TV로 시간 때울 때
분위기 좋은 커피숍의 카푸치노가 떠오를 때
지나가는 연인의 모습을 볼 때
사랑이 그립다.

아주 가끔.

이렇게 일만 하다
늙어죽는 거 아냐?!!

연애의 이유

언제부터 꿈을 얘기하지 않게 되었을까?
어제와 같은 오늘, 오늘과 같은 내일
그래서
어른들은 연애라는 것을 한다.
내일을 기다리게 하고
미래를 꿈꾸게 하며
가슴을 설레게 하는 것.
연애란
어른들의 장래희망
뭐 그런 것이다.
- 드라마 〈연애시대〉 중에서

있었으면 좋겠다

함께 걷고 싶은 사람이 있었으면 좋겠다.
서촌이든, 북촌이든, 이름 없는 골목이든
어색한 눈길을 주고받지 않아도 되게 나란히
조금 가빠진 숨소리 들릴 만큼의 거리를 두고
이따금 배고픔을 물어 볼 정도만 이야기하며

마치 오래전부터 그 동네의 풍경 안에 있던 것처럼
한나절쯤 함께 걷고 싶은 사람이 있었으면 좋겠다.

오늘은

사랑이
날카로운 말로
멀쩡했던 내 마음에
구멍을 뚫어 버렸네.

왜 추운가 했네.

그리고, 오늘은

사랑이
환한 미소로
한 땀 한 땀
구멍을 꿰매 주었네.

따뜻하다 못해 뜨겁네.
고구마도 구워 먹겠다.

나가기 귀찮아도
네가 부르면
당장 일어날게.

come on doughnut~

게으름 개선방안

사랑은
절대 못 고칠 것 같은
일상의 게으름을
한순간에 바꿔 버린다.
(울 엄마도 못했던 일인데…)

아무도 없나요?

내 마음 들어줄
사람~

거짓말

한숨에 섞여
마음에도 없는 말이 나왔다.

러브캔

두렵다고 안 먹으면
평생 무력감만 느끼다가
쓸쓸하게 비명횡사 할지도 모른대.
하지만 유통기한이 지났거나
변질된 것을 잘못 먹으면
길을 걷다가 갑자기 대성통곡하는
부작용이 나타나기도 한다는군.
국산이든 수입산이든 상관없고
첫맛은 달콤한데 반쯤 먹으면
무지 쓴맛도 있대.

자, 복용시 주의사항을 알았으니
이제는 용기를 내야지 않겠어?
무력감만 느끼다가 쓸쓸하게
비명횡사할 수는 없잖아.

커피를 타다 문득

오늘 몇 잔을 마신 거지?

밥은 먹었었나?

잊은 일은 없나?

날이 져가는 오후 4시 43분

그렇게 멍하니 서 있다.

내일은 건망증 치료 받으러 병원을 좀 가야겠다.

그것도 잊어버리려나?

왜 그럴까?

마트에 갔다.
쌀을 샀다.
오는 길에 서점도 들렀다.
그냥 왔다.

마음이 왜 이렇게 무거운지.

취중진담? 숙취난감!

지난밤 당신은 금치산자!
당신과 함께 있던 이들은 정상인!
해 뜨고 정신이 돌아온 당신은
독립투사!

목에 칼이 들어와도
돌아온 지난밤의 기억은
절대 발설하면 안 됩니다.
모른다고 잡아떼십시오.

나 이뻐?

살다 보면 숨막히는
인생의 역경이 있다.
그중 이 질문이 가장 힘든 역경이다.

가까운 사이끼리
이런 질문 하는 거 아니다。

카드대금 청구서

내가 어제 누구를 만났는지
내가 무엇을 먹었는지
내가 무엇을 했는지
대신 써 주는 나의 일기장.

예금통장 입출금 명세

거 래 일	거래내용	찾으신 금액	내 용	잔 액	거래점
	계좌번호	098093-34569-15467894 때지 루미			
02 2014.06.17	체크카드	53,200	삼겹살과 춤을	1,024,540	백석 12
03 2014.06.17	체크카드	25,000	만점 노래방	999,540	백석 12
04 2014.06.18	체크카드	7,000	맛있다 옛날짜장	992,540	삼송 17
05 2014.06.18	체크카드	3,700	내가 볶은 커피	988,840	삼송 17
06 2014.06.18	체크카드	7,000	호물호물 순두부	981,840	일산 15
07 2014.06.18	체크카드	2,200	내가 볶은 커피	979,640	삼송 11
08 2014.06.19	체크카드	3,700	내가 볶은 커피	975,940	삼송 11
09 2014.06.19	체크카드	23,000	동네 편의점	952,940	삼송 11
10 2014.06.20	체크카드	9,000	영화박스	943,940	백석 16
11 2014.06.20	체크카드	4,300	팝콘과 오징어	939,640	백석 16
12 2014.06.20	체크카드	10,210	T-돈 카드	929,430	일산 12
13 2014.06.20	체크카드	54,130	안터져 텔레콤	875,300	호수 07
14 2014.06.23	체크카드	75,000	술 집	800,300	연신내 12
	체크카드	1,800	한방에 해장라면	798,500	삼송 11
	체크카드	250,000	월세	548,500	삼송 11
	체크카드	1,700	도시가스	546,800	삼송 11
	체크카드	145,700	관리비	401,100	삼송 11
	체크카드	112,000	건강보험	289,100	화정 04
0	체크카드	172,050	대출이자	117,050	일산 19

때지은행

행복을 찾는 법

"오늘 당신이 보낸 하루는 어제 죽은 누군가가 그토록 바라던 내일이다."

하지만 오늘 나는
다음 달 카드 값 때문에 계산기를 두드리고,
숙취를 못 이겨 해장국집을 찾아다니며,
로또 당첨이 되면 뭘 할까 되지도 않는 상상을 하고,
그땐 그랬었지 하며 쓴 입맛을 다신다.
그리고 내일이 이런 오늘과 크게 다르지 않을 거라는 걸 안다.

하지만
인생이 시시껄렁한 오늘의 연속이라는 걸 깨닫는 순간
신기하게도 어제보다 조금은 행복한 오늘이 찾아온다.
어쩌면 행복은
'빌어먹을'이라고 욕하며 살아야 하는 오늘에 있는 것 같다.
오늘 하루를 아끼며 사는 게 답이다.

>) 오늘 땀나게 일하고,
내일 신나게 놀 거야!!!

판단

옳고 그름의 판단은
모두 자기 자신에게 있다.
왜냐면
내 인생이니까.

그런데
이렇게 쉬운 문제를 왜 자꾸 잊어버리냐.

맞아라~ 맞아라~

잠수

인생에는 때로 잠수가 필요하다.
시끄러운 물 밖 세상에서 잠시 벗어나
물 밑 고요 속에 푹 젖어보는.
오직 나 자신과만 만나는.

그런 의미에서
잠시 잠수.
(그동안 책 쓰느라 너무 힘들었어. ㅠㅠ)